AF495298

LAURE

ET

PÉTRARQUE,

ÉCLOGUE HÉROÏQUE.

LAURE
ET
PÉTRARQUE,

ÉCLOGUE HÉROÏQUE,

SUIVIE DE STANCES A M.r CHARLES POUGENS,

Membre de l'Institut et de plusieurs Académies;

PAR PIERRE LAMONTAGNE

(DE LANGON),

Auteur de plusieurs Poëmes dramatiques, Poésies diverses, et Ouvrages traduits de l'anglais, de l'Académie des Sciences et Belles-Lettres de Bordeaux.

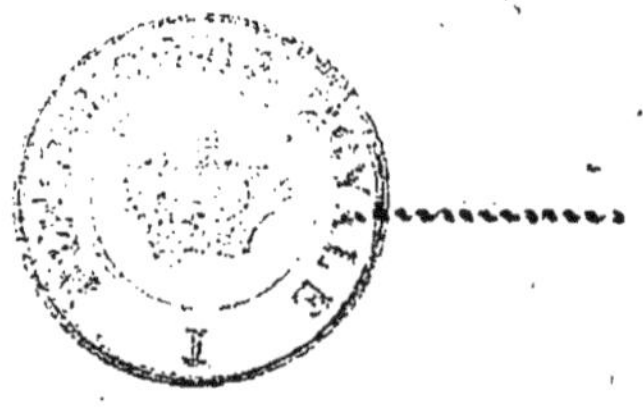

PARIS.

CHEZ L'AUTEUR, RUE DU FAUB.-DU-ROULE, N.° 34.

1822.

LAURE

ET

PÉTRARQUE,

ÉGLOGUE HÉROÏQUE.

In questa spera.
Sarai ancor meco se'l desir non erra.

PETRAR. Sonn. 2 part.

Le jour le plus brillant avait fini son cours.
La nuit, comme une veuve en ses sombres atours,
Sur un trône d'ébène au milieu des étoiles
De leurs rayons dorés faisait briller ses voiles
Qui, flottant dans les airs, déployaient à nos yeux
Des mois et des saisons les signes radieux.
Les célestes jumeaux d'une flâme épurée,
Resplendissaient alors sur la voûte azurée;
De son urne d'argent aux pieds des verds côteaux,
La nymphe de Vaucluse épanchait tous les flots;
Les zéphyrs dispersaient au loin dans les prairies
Les parfums exhalés de ces rives fleuries.

J'errais dans ce vallon, ces bosquets enchantés,
Que Laure et son amant ont jadis habités,
Où retentit le son d'une lyre immortelle,
Séjour où s'alluma cette ardeur mutuelle
Dont les ailes du temps, dans leur vol destructeur,
Semblent à chaque siècle augmenter la splendeur.
Au palais de l'Aurore une vive lumière
Soudain par sa clarté vient frapper ma paupière,
Comme si le soleil nous ramenait le jour,
Et de l'autre l'hémisphère eût pressé son retour.
L'Olympe à mes regards vient d'ouvrir ses portiques.
Quel spectacle pompeux! deux formes angéliques
Dans un nuage d'or et d'argent et d'azur
Glissent légèrement sur les flots d'un air pur,
Laissant sur leur passage une trace brillante
Que l'ombre de la nuit rendait plus éclatante.
Auprès d'une colline où de jeunes ormeaux
Des peupliers voisins embrassent les rameaux,
Sur un pré dont les fleurs émaillent la verdure,
Que vient baigner la Sorgue avec un doux murmure
Je les vois s'arrêter, descendre toutes deux
Et dans un vif transport contempler ces beaux lieux.
Ces fantômes formés d'une subtile essence
Des deux sexes pourtant montrent la différence.
L'un, d'une beauté mâle offrant les nobles traits,
Avec un front paré des lauriers les plus frais,
Du Dieu de l'Hélicon semble être le modèle
Et le feu des rubis sur sa lyre étincelle;
Son corps de la jeunesse annonçant la vigueur
De la toge romaine étale la blancheur.

L'autre a les doux attraits d'une vierge charmante (*).
Telle qu'en nos jardins est la rose naissante.
Le lis de la sagesse au myrte entrelacé,
Sur son modeste front avec grâce placé,
Nous dit que, si l'amour lui fit sentir sa flâme,
Jamais la volupté n'eut accès dans son âme.
Puis-je la méconnaître à de tels attributs?
Oui, c'est l'aimable Laure et je n'en doute plus;
C'est le bel ornement de ces vertes collines,
C'est l'objet si fameux de ces chansons divines
Dont partout les amans, sur les plus tendres airs,
Pour peindre leurs ardeurs répètent les beaux vers.
Cet homme par ses chants éternisa Vaucluse;
C'est Pétrarque, c'est lui dont la brillante muse,
Donnant à la vertu les attraits de l'amour,
Brûla d'un feu constant aussi pur que le jour,
Et, parmi les neuf sœurs venant prendre sa place,
De sa beauté nouvelle étonna le Parnasse.
Quels chants mélodieux font retentir ces bords?
La lyre à ces accens mêle ses doux accords;

(*) Laure n'a jamais été mariée. C'est ce qui est constant par le témoignage même de Pétrarque. Elle était née et elle est morte à Vaucluse, où elle a toujours demeuré et où le poète la vit pour la première fois. On ne connaît pas sa famille. Velutello, qui a fait des recherches dans le pays même, croit qu'elle était fille de Henri de Chabau, seigneur de la terre de Cabrières. C'est un abbé qui a réclamé pour sa famille l'honneur d'avoir fourni une maîtresse à un poète, et cette maîtresse, selon lui, était mariée; assertion très-édifiante de la part d'un abbé, et surtout fort honorable pour le mari de ladite dame.

Le rossignol jaloux garde un profond silence,
Et de plaisir ému le chêne se balance.
Quand Pétrarque a chanté, j'entends au fond des bois
Tous les échos gémir et prolonger sa voix.
Laure ensuite répond; le zéphir sur ses ailes
Porte ces sons divins aux voûtes éternelles.

PÉTRARQUE.

Chère Laure, voici le séjour fortuné,
Ce vallon, ce bosquet par tes grâces orné,
Où, pour blesser mon cœur d'une flèche rapide,
Tu n'eus à me lancer qu'un seul regard timide.
L'amour en m'attaquant avait perdu ses traits,
Ah! comme il fut alors vengé par tes attraits!

LAURE.

C'est ici que le ciel pour me combler de gloire,
Gardait à ma jeunesse une telle victoire.
Je te vis, cher Pétrarque, et sentis que mon cœur
Allait brûler pour toi d'une fidèle ardeur.
Oui, j'en fis la promesse; elle fut bien remplie;
Tu n'as jamais souffert l'affreuse jalousie.

PÉTRARQUE.

Ah! si Laure jamais n'a couronné mes feux,
Le bonheur d'un rival n'a point blessé mes yeux.
Je voyais pour moi seul, après un long martyre,
Sur ta bouche vermeille éclore un doux sourire,
Dont l'attrait séduisant était, pour mon amour,
Ce qu'après la nuit sombre est l'éclat d'un beau jour.

LAURE.

Lorsque je t'opposais une fierté sévère,
Mon cœur cédait encore au désir de te plaire.
Veut-on que l'amour veille, il lui faut des rigueurs;
Il s'endort sur un lit de myrtes et de fleurs.
C'est aux peines que souffre un amant qui soupire,
Que le Parnasse doit les doux sons de ta lyre.

PÉTRARQUE.

Je bénis maintenant ce devoir rigoureux,
Qui souvent arrêta mes transports amoureux.
Amant d'une beauté pour mes feux complaisante,
Aurais-je pu cueillir cette palme brillante,
Et mon front, sans honneur, de roses couronné,
Des lauriers d'Apollon paraîtrait-il orné?

LAURE.

Moi, dans le rang obscur des beautés ignorées
Que des chants immortels n'ont jamais célébrées,
Entendais-je mon nom, consacré dans tes vers,
Retentir jusqu'aux bouts de ce vaste univers,
Depuis le jour heureux, où l'écho de Vaucluse
Apprit à répéter les accens de ta muse?

PÉTRARQUE.

Ici, me retraçant tes attraits enchanteurs,
Tes regards, ton langage et même tes rigueurs,

Du plus léger soupir conservant la mémoire ;
Comme s'il m'eût donné la plus grande victoire ;
Mes vers en sont témoins, j'ai vécu plus heureux
Qu'un amant dans les bras de l'objet de ses vœux. (*)

LAURE.

Aussi, lorsqu'au printemps, dans ce riant bocage ;
A la pourpre des fleurs succède un vert feuillage,
Il nous est accordé de revoir ce vallon,
Où l'amour fut toujours soumis à la raison,
Où, même sous l'abri des ombres protectrices,
L'autel de la vertu reçut nos sacrifices.

PÉTRARQUE.

Maintenant dégagés des terrestres désirs,
Des habitans du ciel goûtant les vrais plaisirs,
Dans un transport divin nous unissons nos âmes ;
A l'aspect de ce lieu qui vit naître nos flâmes,
Nous pouvons nous livrer à nos saintes ardeurs,
Et d'un chaste baiser savourer les douceurs.
Alors, en s'approchant, ces ombres fortunées
Par un céleste hymen l'une à l'autre enchaînées,

---

* Ben non ha 'l mondo che 'l mio mal pareggi.

. . . .

Che languir per lei
Meglio è che gioir d'altra.

PETRAR. Sonn.

Des rayons les plus purs d'un immortel amour
Répandirent l'éclat dans ce charmant séjour.
Le ciel se revêtit de la couleur riante.
Des saphirs azurés dont l'Orient se vante,
L'émeraude brilla sous les fleurs qui paraient
Les prés que ces amans de leurs pieds effleuraient.
Tout parut animé par des charmes magiques;
Leurs soupirs amoureux, sous ces rochers antiques,
Modulaient des échos les doux gémissemens;
Les arbres répondaient par leurs frémissemens.
Du jour qui, dans les cieux, semblait renaître encore
Les oiseaux par leurs chants saluèrent l'aurore,
Tandis que le ruisseau, qui fuyait dans les bois,
Accordait son murmure aux accens de leurs voix.
Pétrarque et Laure enfin, s'éloignant du rivage,
Suivirent les détours de ce sombre bocage,
Pour contempler encore de leurs yeux attendris
Du plus fidèle amour les monumens chéris;
Et mes regards long-temps au loin se promenèrent
Sur les traits lumineux qu'en passant ils laissèrent.

A M.r Charles POUGENS,

Qui vient de publier les Contes du Vieil Ermite de la vallée de Vauxbuin.

Je la verrai cette vallée, (*)
Où chez un ermite, dit-on,
La Gaîté long-temps exilée
A repris son aimable ton.

Ce n'est pas de plates histoires
Qu'il entretient ses auditeurs :
Ce sont d'agréables mémoires
Qui montrent les secrets des cœurs.

Ce ne sont pas ces aventures,
Où toujours des crayons malins
Dessinent les caricatures
De nos cornigères Vulcains.

Dans ses narrations gentilles,
Par des tableaux gais ou touchans,
Il fait rire les jeunes filles
Et pleurer les bonnes mamans.

(*) A une lieue de Soissons.

On y voit les célestes flâmes,
Et ces mystérieux accords
Par qui l'Amour unit les âmes
Bien mieux qu'il n'enchaîne les corps.

Sa morale n'est point austère.
Pour que ses conseils soient suivis,
L'indulgence et le soin de plaire
Assaisonnent tous ses avis.

Il ne fait de grâce à personne,
Qu'on soit ridicule ou méchant,
Et des Docteurs de la Sorbonne
Il se moque bénignement.

Il veut bien qu'avec une grive
Le curé mange un faisandeau,
Pourvu que tout le monde vive,
Ou sonneur de cloche ou bedeau.

La faim des autres le réveille;
Ce n'est pas un dévot prélat
Pensant que tout est à merveille,
Lorsqu'il a pris son chocolat.

Comme Ulysse dans sa jeunesse
Il parcourut bien des Etats;
Et, cherchant partout la Sagesse,
Quelquefois il fit des faux pas.

Aussi, d'un ton de modestie,
Notre Ermite avoue humblement
Que le plus sage dans la vie
Est quelquefois un garnement.

Une politique profonde
Lui fit rechercher des vauriens,
Pour pouvoir instruire le monde
En rapportant leurs entretiens.

Tel, poussé par un zèle extrême,
D'Arbrissel, ce grand fondateur,
Recrutait dans les sérails même
Pour le service du Seigneur.

Frère Charles qui toujours raille,
Sans jamais blesser le bons sens,
Dit que seulement la canaille
A des vices moins élégans;

Et qu'il publiera maint volume,
Pour faire mieux connaître enfin
L'animal bipède et sans plume
Décoré du titre d'humain.

Aujourd'hui que ses paraboles
Se débitent en beau papier,
Parmi nos jeunes gens frivoles
Puissent-elles fructifier!

Gloire à cet Ermite si sage.
Puisse-t-il encor, dans vingt ans,
Aux commères du voisinage,
Faire des contes amusans.

Mais, pour que le public profite
Des leçons d'un savoir badin,
Qu'il les fasse imprimer bien vite;
Ils seront lus jusqu'à Pékin.

Imprimerie de P.-N. ROUGERON, rue de l'Hirondelle, N.° 22.

www.ingramcontent.com/pod-product-compliance
Ingram Content Group UK Ltd.
Pitfield, Milton Keynes, MK11 3LW, UK
UKHW021019220726
13924UKWH00001B/78

9 782019 962678